हिन्द पॉकेट बुक्स

# शिक्षाप्रद धर्म-कथाएँ

धर्म धृ धातु से बना है, जिसका अर्थ है, धारण करना, यानी अच्छे संस्कारों को धारण करना ही धर्म है। वेद, उपनिषद् और पुराण मानव को संस्कारित करने एवं धर्म-ज्ञान के लिए ही रचे गए हैं। इन धर्म-ग्रंथों में अनेक शिक्षाप्रद कथाएं भरी पड़ी हैं। इस पुस्तक के रचयिता वरिष्ठ पत्रकार एवं साहित्यकार शिवकुमार गोयल धार्मिक लेखन के प्रमुख स्तम्भ हैं। वेद, पुराणों और उपनिषदों की ये प्रेरक कहानियां बच्चों एवं किशोरों के लिए सजाई-संवारी गई हैं, ताकि इन्हें पढ़कर उनमें संस्कारों के बीज उत्पन्न हो सकें।

ये कथाएं बहुत ही आसान एवं रोचक भाषा में लिखी गई हैं। सभी कथाओं के साथ चित्र और अंत में एक प्रश्नावली भी दी गई है, ताकि पढ़ने के बाद लगे हाथों आपकी परीक्षा हो सके।

बच्चों और किशोरों के लिए प्रेरणादायक कहानियां

# शिक्षाप्रद धर्म-कथाएँ

शिवकुमार गोयल

हिन्द पॉकेट बुक्स
पेंगुइन रैंडम हाउस इम्प्रिंट

**हिन्द पॉकेट बुक्स**

यूएसए | कनाडा | यूके | आयरलैंड | ऑस्ट्रेलिया | सिंगापुर
न्यू ज़ीलैंड | भारत | दक्षिण अफ्रीका | चीन

हिन्द पॉकेट बुक्स, पेंगुइन रैंडम हाउस ग्रुप ऑफ़ कम्पनीज़ का हिस्सा है,
जिसका पता global.penguinrandomhouse.com पर मिलेगा

पेंगुइन रैंडम हाउस इंडिया प्रा. लि.,
चौथी मंजिल, कैपिटल टावर -1, एम जी रोड,
गुड़गांव 122 002, हरियाणा, भारत

पेंगुइन
रैंडम हाउस
इंडिया

प्रथम संस्करण हिन्द पॉकेट बुक्स द्वारा 2013 में प्रकाशित
यह संस्करण हिन्द पॉकेट बुक्स में पेंगुइन रैंडम हाउस द्वारा 2022 में प्रकाशित



10 9 8 7 6 5 4 3 2

इस पुस्तक में व्यक्त विचार लेखक के अपने हैं, जिनका यथासंभव तथ्यात्मक सत्यापन किया गया है, और इस संबंध में प्रकाशक एवं सहयोगी प्रकाशक किसी भी रूप में उत्तरदायी नहीं हैं।

ISBN 9789353491758
मुद्रकः रेप्रो इंडिया लिमिटेड



www.penguin.co.in

MIX
Paper from responsible sources
FSC® C047271
FSC www.fsc.org

This is a legitimate digitally printed version of the book and therefore might not have certain extra finishing on the cover.

# क्रम

# आकाश ने कहा

एक बार नारद मुनि घूमते हुए पृथ्वी पर आए। तीर्थ-दर्शन करते हुए वह महर्षि भृगु के आश्रम पर पहुंचे। उनका आश्रम नर्मदा नदी के तट पर था।

नारद जी को देख, भृगु जी तथा अन्य तपस्वी उठ खड़े हुए। उन्होंने नारद जी का स्वागत किया, फिर पूछा, "मुनि श्रेष्ठ, आपको कहां जाना है और आप कहां से पधारे हैं?"

नारद जी बोले, "महर्षि, मैं एक विशेष उद्देश्य लेकर घूम रहा हूं। मैं चाहता हूं ब्राह्मणों को दान देने के लिए उत्तम भूमि मिल जाए। वह पवित्र तीर्थ वाली, निर्दोष और मनोरम हो।"

भृगु जी बोले, "नारद जी, एक बार मैंने भी आपकी तरह पूरी पृथ्वी का भ्रमण किया था। मही नदी जहां सागर में मिलती है, वहां स्तम्भ नामक एक तीर्थ है। वह तीनों लोकों में विख्यात है। वहां स्नान करने वाले मनुष्य पापों से मुक्ति पा जाते हैं। इसलिए उन्हें यमराज के पास नहीं जाना पड़ता।"

नारद जी ने कहा, "क्या आप मेरे साथ स्तम्भ तीर्थ चल सकते हैं।" इस पर भृगु जी नारद जी को वहां ले गए।

महर्षि भृगु नारद जी से विदा लेकर अपने आश्रम की ओर चले गए।

नारद जी एक हरे-भरे वृक्ष के नीचे बैठकर ध्यानमय हो गए। सोचने लगे, "ऐसी ही पवित्र भूमि मैं ब्राह्मणों को दान देना चाहता हूं, पर यह तो किसी राजा की सम्पत्ति होगी। दान देने के लिए दान मांगना उचित होगा? नहीं...नहीं...इसके लिए तो कोई और ही उपाय खोजना होगा।"

नारद जी इसी सोच में डूबे थे, तभी अनेक ऋषि वहां आ पहुंचे। उन्होंने नारद जी को प्रणाम किया। नारद जी ने उनका परिचय पूछा। ऋषियों ने परिचय देकर कहा, "यहां के राजा हैं धर्म वर्मा। कुछ दिन पहले हम राजदरबार में गए थे। आजकल राजा एक समस्या में उलझे हुए हैं।"

"कैसी समस्या?" नारद जी ने पूछा।

एक ऋषि ने कहा, "कुछ समय पहले की बात है। राजा धर्म वर्मा तपस्या कर रहे थे। उनके मन में सच्चे दान का स्वरूप जानने की इच्छा थी। एक दिन आकाशवाणी हुई। आकाशवाणी दान के सम्बन्ध में थी। पर राजा धर्म वर्मा देववाणी का अर्थ नहीं समझ पाए।

"राजा ने राज्य में घोषणा करा दी कि जो उन्हें आकाशवाणी से प्राप्त श्लोक का अर्थ बता देगा, उसे वह सात लाख गौएं, इतनी ही स्वर्ण मुद्राएं और सात गांव दान में देंगे। उनकी घोषणा सुनकर बहुत लोग आए, पर किसी का उत्तर राजा को संतुष्ट न कर सका।"

इतना कहकर वे सब संगम में स्नान करने चले गए। उनकी बात सुनकर नारद जी के मन में एक विचार आया। उन्होंने सोचा, "अगर मैं राजा धर्म वर्मा के पास जाकर देववाणी की व्याख्या कर दूं, तो शायद मेरा काम बन जाए। उस व्याख्या के बदले में राजा जो कुछ देंगे, वह दान नहीं होगा। उसे देने की घोषणा तो धर्म वर्मा पहले ही कर चुके हैं।"

इस प्रकार निश्चय करके नारद जी राजा धर्म वर्मा से मिलने चल दिए। उन्होंने एक ब्राह्मण का रूप बना लिया और दरबार में जा पहुंचे। राजा ने ब्राह्मण बने नारद जी को प्रणाम किया।

नारद जी ने कहा, "राजन, मैं आकाशवाणी की व्याख्या करने आया हूं। व्याख्या करने वाले को जो कुछ देने की घोषणा आपने की है, क्या वह सही है?"

राजा धर्म वर्मा ने कहा, "मैंने जो कहा है, वह ठीक है। आज तक इतने लोग मेरे पास आए, पर किसी की व्याख्या मुझे संतुष्ट नहीं कर सकी। हो सकता है, आपको भी सफलता न मिले।"

राजा धर्म वर्मा की बात सुनकर नारद जी मुस्करा उठे। उन्होंने कहा, "हो सकता है, आपका संदेह ठीक हो, पर फिर भी प्रयास करने में कोई बुराई नहीं है!" फिर नारद जी ने राजा धर्म वर्मा को दान के स्वरूप और महत्त्व के विषय में विस्तार से बताया।

राजा धर्म वर्मा प्रश्न करते रहे और नारद जी उत्तर देते रहे। दान के संबंध में आकाशवाणी ने जो बातें कही थीं, उनका मर्म पूरी तरह धर्म वर्मा की समझ में आ गया। उन्होंने झुककर नारद जी के चरण छू लिए। और कहा, "आपने जिस तरह आकाशवाणी की व्याख्या की है,

उससे मुझे विश्वास हो गया है कि आप साधारण ब्राह्मण नहीं हैं। कृपया अपना सच्चा परिचय दीजिए।"

राजा धर्म वर्मा के पूछने पर देवर्षि नारद ने अपना परिचय उन्हें दे दिया और यह भी बताया कि वह किसलिए आए थे?

राजा धर्म वर्मा ने उनके चरण छूकर कहा, "देवर्षि, मैं धन्य हुआ। मेरा पूरा राज्य आपका है। आप जो भी आदेश देंगे, मैं उसका पालन करूंगा।"

नारद जी बोले, "राजन, मैं ठहरा संसार त्यागी, मुझे अपने लिए कुछ नहीं चाहिए। मुझे जब आवश्यकता होगी, मैं मांग लूंगा।" कहकर नारद जी ने राजा से विदा ली।

वहां से नारद जी रैवतक पर्वत पर जा पहुंचे। वह सोच रहे थे, अब राजा से जो भूमि लूंगा, वह दान की नहीं होगी। भूमि का प्रबंध हो गया। अब मुझे ऐसे सुपात्र ब्राह्मणों की खोज करनी चाहिए, जिन्हें वह भूमि दे सकूं। यह निश्चय करके नारद जी फिर यात्रा पर निकल पड़े।

(स्कंद पुराण)

# सोने का सरोवर

सौधन्वा प्रजापालक राजा थे। हमेशा पूजा-पाठ में लगे रहते। मोह-माया उन्हें छू भी नहीं पाई थी।

महाराज एक दिन वनवासी प्रजा का हाल जानने के लिए निकले। वन के बीचोंबीच एक सुंदर सरोवर को देखकर मुग्ध हो गए। रथ से उतरकर वह सरोवर के तट पर पहुंचे। तरह-तरह के सुंदर फूलों को देखकर प्रसन्न हो उठे। उन्होंने देखा कि सरोवर के जल में दो राजहंस तैर रहे हैं।

सुंदर राजहंसों ने राजा का मन मोह लिया। उन्होंने सोचा कि यदि इन्हें राजभवन के सरोवर में रखा जाए, तो कितना अच्छा रहेगा। राजमहल की शोभा कई गुना बढ़ जाएगी।

सौधन्वा राजहंसों को पकड़ने के लिए सरोवर में कूद पड़े। वह जैसे ही राजहंसों के पास पहुंचे, वे रहस्यमय ढंग से सरोवर के दूसरे किनारे तक जा पहुंचे। राजा तैरते-तैरते दूसरे किनारे पहुंचे कि राजहंस तीसरे किनारे पर पहुंच गए। राजा ने सरोवर में तैरते हुए राजहंसों के निकट पहुंचने की बहुत कोशिश की, किंतु हर बार राजहंस अदृश्य होते, फिर बहुत दूर दिखाई देने लगते। घंटों तक सरोवर में तैरते-तैरते राजा थक गए। निराश होकर वह सरोवर से बाहर निकल आए।

सरोवर के तट पर बैठकर राजा थकान मिटाने लगे। तभी उन्हें आवाज सुनाई दी, “महाराज, हम स्वर्ग के राजहंस हैं। यदि हमें अपने साथ ले जाना चाहते हो, तो सोने के नए राजमहल में एक दिव्य सरोवर

बनवाना होगा। इस सरोवर का निर्माण सोने से कराना होगा। उसकी सीढ़ियां मणि-मुक्ता तथा हीरों से जड़वानी होंगी। इसी सरोवर में हम निवास कर सकते हैं।"

राजा सौधन्वा राजहंसों पर पूरी तरह मुग्ध हो चुके थे। उन्होंने संकल्प किया कि वह उनके लिए सोने का नया राजमहल बनवाएंगे। स्वर्ग के समान सरोवर बनवाएंगे। लौटते ही राजा ने सोने के राजमहल तथा रत्न-जड़ित सरोवर के लिए धन जुटाने की योजना बनानी शुरू कर दी। अपने कर्तव्य को भूलकर, उन्होंने प्रजा पर नए-नए कर लगा दिए। अपने राज्य के आसपास, छोटे-छोटे राज्यों पर हमले कराकर, लूटपाट शुरू करा दी। भगवान की पूजा-उपासना बंद कर अपना समय धन इकट्ठा करने में लगाने लगे।

कुछ ही दिनों में प्रजा हाहाकार कर उठी। राजा के अन्याय को देखकर एक बार तो पृथ्वी भी कांप उठी। देखते-ही-देखते, वन सूख गए। अकाल पड़ने लगा। राज्य की धरती सूखकर फटने लगी। तमाम कुएं तथा सरोवर सूख गए। पशु-पक्षी तथा मनुष्य अकाल के कारण भूखे-प्यासे मरने लगे।

राजा सौधन्वा ने यह हालत देखी, तो उनकी नींद उड़ गई। उन्होंने राजपुरोहित को बुलवाया। राजपुरोहित ने तमाम बातें सुनने के बाद कहा, "राजन, महर्षि अभू हमारे यहां के सबसे ज्यादा पहुंचे हुए ऋषि हैं। उनके पास ही चलना चाहिए।"

राजपुरोहित को साथ लेकर राजा, महर्षि अभू के आश्रम में पहुंचे। महर्षि के चरणों में सिर झुकाया, फिर बोले, "महात्मन् अकाल के कारण प्रजा भूखी मर रही है। लोग हाहाकार कर रहे हैं। जो प्रजा हमारी प्रशंसा कर जय-जयकार करती थी, आज निंदा करने लगी है।"

महर्षि अभू ने कहा, "राजन, अब एक महायज्ञ का आयोजन करें। इससे देवता प्रसन्न होकर संकट को दूर करेंगे।"

राजधानी में यज्ञ का आयोजन किया गया। महर्षि अभू की देखरेख में विद्वान ब्राह्मणों ने यज्ञ-वेदियों का निर्माण किया।

राजा सौधन्वा महारानी के साथ हवन-कुंड में आहुतियां डालने लगे, लेकिन अग्नि देवता प्रकट नहीं हुए। राजा ने अभू से हाथ जोड़कर पूछा, "महाराज, लगता है, मुझसे कोई अपराध हुआ है।"

महर्षि अभू ने आंखें बंद कर देवताओं को याद किया। कुछ ही क्षणों में उन्हें आकाशवाणी सुनाई दी, "इस धर्मप्राण राजा ने दो राजहंसों के कारण अपने कर्तव्य का त्याग कर दिया है। प्रजा के पालन की जगह यह प्रजा को परेशान करने लगा है। जब यह राजा अपनी सबसे प्रिय वस्तु अग्निदेव को समर्पित करेगा, तभी वह प्रकट होंगे।"

राजा ने सोने का सरोवर बनवाने के लिए जो हीरे, रत्न तथा मणियां इकट्ठी की थीं, उन्हें मंगवाकर यज्ञ-कुंड में डाल दिया, लेकिन अग्नि नहीं जली।

उन्होंने सोचा, अब तो मुझसे सबसे अधिक प्रिय यह शरीर ही है। इसकी आहुति देकर ही मैं अपने राज्य पर आए संकट को दूर कर पाऊंगा।

वह आसन से खड़े हो गए। यज्ञ-वेदी में परिक्रमा कर ही रहे थे कि मुख्य यज्ञ-वेदी में अग्निदेव प्रकट हुए।

उन्हें आवाज सुनाई दी, "राजन, आप दो पक्षियों के मोह में पड़कर अपने कर्तव्य भूल गए थे। इसीलिए राज्य पर संकट आया। जो राजा अपनी प्रजा पर अत्याचार करने लगता है, उसका देवी-देवता भी साथ छोड़ देते हैं।"

तुम अपने पुत्र पर यह निर्णय छोड़ दो। राजा ने पुत्र पर निर्णय छोड़ दिया। पुत्र ने गाय की सेवा की, तो शिव और पार्वती ने उन्हें आशीर्वाद दिया, "आपके पिता के राज्य में फिर से खुशहाली आ जाएगी।"

और फिर कुछ ही क्षणों में आकाश में बादल घिर आए। वर्षा शुरू हो गई। राज्य में फिर से सुख-शांति छा गई। प्रजा फिर से राजा का गुणगान करने लगी।

(यजुर्वेद)

# वरदान

बिहार राज्य के प्रेत शिला क्षेत्र में गयासुर नामक एक दैत्य रहता था। गयासुर अत्यंत क्रूर और शक्तिशाली राक्षस था। वह चाहे जिसे पकड़ लेता। उसका गला घोंटकर मार डालता। हजारों व्यक्तियों को वह अपनी क्रूरता का शिकार बना चुका था।

एक रात गयासुर ने सोते समय स्वप्न देखा। कोई उससे कह रहा था, "इस तरह निरीह प्राणियों की हत्या करना पाप है। इसका फल तुम्हें भी भुगतना पड़ेगा।"

समय की बात, इसका प्रभाव राक्षस पर पड़ा। वह पाप के नाम से डर गया। बस, उसी दिन से उसका जीवन बदल गया। बुरे कामों को छोड़ दिया। वन में जाकर भगवान विष्णु की भक्ति में रम गया। बड़ी कठोर तपस्या करने लगा।

भूखे-प्यासे रह गयासुर ने सैकड़ों वर्ष कठोर तप किया। देवताओं के सिंहासन डोल उठे। उन्होंने उसके तप में विघ्न डालना चाहा, सोचने लगे, "अगर विष्णु भगवान ने गयासुर को वरदान दे दिया, तो फिर इसे मारना कठिन होगा। यह हमें चैन से नहीं बैठने देगा।" देवताओं ने मिलकर विचार किया। इंद्र से उसका तप भंग करने को कहा। इंद्र ने सुंदर अप्सराओं को गयासुर के पास भेजा। गयासुर ने उनकी ओर आंखें खोल कर देखा तक नहीं। अप्सराएं उसकी तपस्या भंग करने में असफल रहीं। देवताओं को मुंह की खानी पड़ी। इससे वे और भी डर गए।

हार कर देवता ब्रह्माजी के पास गए। कहा, "महाराज, आप ही हमारी रक्षा कर सकते हैं। आप ही गयासुर के पास जाइए। उसके तप को पूरा न होने दीजिए।"

देवताओं को चिंतित जान ब्रह्माजी को भी वहां जाना पड़ा। परंतु गयासुर तपस्या में इतना तन्मय था कि ब्रह्माजी के पहुंचने पर भी उसका ध्यान भंग नहीं हुआ। ब्रह्माजी ने गयासुर से कहा, "भक्त, बहुत हो चुका तुम्हारे तप से मैं प्रसन्न हूं। वर मांगो।"

"मुझे कोई वर नहीं चाहिए। आप मुझे भगवान विष्णु का ध्यान करने दें।" गयासुर ने उत्तर दिया।

ब्रह्माजी भी अपना-सा मुंह लेकर लौट गए। देवताओं ने फिर आपस में मंत्रणा की। उन्होंने गयासुर से जाकर कहा, "भगवान विष्णु की उपासना के रूप में हम एक यज्ञ करना चाहते हैं। यज्ञ के लिए कोई भी अच्छा स्थान नहीं मिल पा रहा। इसके लिए तुम्हारा विशाल शरीर ही ठीक रहेगा। तुम आज्ञा दो, तो हम इस पर यज्ञ कुंड बनाकर यज्ञ करने लगें।"

यह सुनकर गयासुर जोर से हंसा। बोला, "मैंने अपना शरीर भगवान

विष्णु को अर्पित कर दिया है। उनका यज्ञ मेरे शरीर पर हो, इससे बढ़कर मेरा सौभाग्य और क्या हो सकता है।"

देवता खुश थे। उन्होंने गयासुर के शरीर पर हवन कुंड बना लिया। जैसे ही अग्नि प्रज्ज्वलित की, उसकी लपटों के बीच चक्रधारी विष्णु भगवान प्रकट हो गए। वह गयासुर से बोले, "भक्तराज, तुमने दैत्य रूप में जितने पाप किए थे, उनका प्रायश्चित पूरा कर लिया। अब तुम पुण्य के अधिकारी बन गए हो। मैं तुम्हारी कठोर तपस्या से प्रसन्न हूं। जो चाहो, वर मांग लो।"

"प्रभु, मैं आपका भक्त हूं। आपके दर्शनों के अलावा मुझे और क्या चाहिए? मैं मोक्ष नहीं चाहता, क्योंकि मैंने जीवन में बहुत-से प्राणियों के प्राण लिए हैं। हजारों आत्माओं को कष्ट पहुंचाया है। मैं चाहता हूं, अब मैं उन अतृप्त आत्माओं को शांति प्रदान करूं।"

विष्णु भगवान ने कहा, "गयासुर, मैं तुम्हें ऐसा ही वर दे रहा हूं। तुम्हारे इस क्षेत्र में जो भी मरेगा या किसी मरने वाले का यहां पिंडदान होगा, उसे तुरंत मोक्ष मिल जाएगा। यह क्षेत्र तुम्हारे नाम पर "गया' कहलाएगा। सभी धार्मिक व्यक्ति इसे जानेंगे।"

गयासुर के शरीर पर विष्णु भगवान के चरणों का चिन्ह अंकित हो गया। फल्गू नदी के पावन तट पर "विष्णुपाद' के नाम से मंदिर बना। गयासुर ने भगवान के दर्शन कर लिए थे। उसने अपना शरीर छोड़ दिया। वह भगवान के रूप में समा गया।

'विष्णुपाद' के मंदिर का महत्त्व दुनिया-भर में है। भारत के अलावा मारीशस, सूरीनाम, कीनिया, मलेशिया, इंडोनेशिया, नेपाल आदि देशों में भी विष्णुपाद के मंदिर हैं, मगर 'गया' का अपना महत्त्व है। हजारों की संख्या में लोग 'गया' जाते हैं। वहां पूर्वजों के नाम पर पिंडदान एवं श्राद्ध करके उन्हें मुक्ति दिलाते हैं।

(ब्रह्मवैवर्त पुराण)

# तूफ़ान आया

गोपाल नामक एक व्यापारी था। वह व्यापार के लिए जा रहा था। नौका में बहुत-सा बहुमूल्य सामान भरा था। तूफान आया, तो नौका नदी में डूब गई। उसका सारा सामान भी डूब गया। बहुत मुश्किल से उसकी जान बच पाई।

किसी तरह तैरकर किनारे तक आया। उसके पास कुछ भी नहीं बचा था। वह भूख-प्यास से व्याकुल, जंगल-जंगल भटकने लगा। चलते-चलते रास्ते में कुछ झोंपड़ियां दिखाई दीं। वह ग्वालों की बस्ती थी। उसने छाछ मांगी। उसे ही पीकर अपनी प्यास बुझाई।

गोपाल अपने गांव की ओर चल पड़ा। गांव दूर था। रास्ते में घना जंगल था। भूख लगती, वह पेड़ों से तोड़कर फल खा लेता। किसी नदी या झरने का पानी पी लेता। रात को थककर कहीं सो जाता। इसी तरह उसके दिन बीतने लगे।

चलने की आदत तो थी नहीं। रास्ता भी कंटीली झाड़ियों से भरा था। पैदल चलते-चलते पांवों से खून बहने लगा। एक रात गोपाल किसी मंदिर में ठहर गया। वहां एक महात्मा धूनी रमाए हुए थे। वह हाथ जोड़कर उनके सामने जा बैठा।

महात्मा ने उसकी दुखद कहानी सुनी। उन्होंने आग में से निकालकर एक तुम्बा दिया। कहा, "इसे खाकर अपनी भूख मिटाओ।"

वह कई दिनों से भूखा था। उस भुने हुए विचित्र फल को खाया, तो उसे लगा, जैसे शरीर की खोई ताकत लौट आई। वैसा स्वादिष्ट फल उसने पहली बार खाया था।

महात्मा ने गौर से देखा, गोपाल के हाथ में कोढ़ का सफेद निशान था। महात्मा पहुंचे हुए सिद्ध थे। भगवान शंकर के परम पुजारी। वह समझ गए कि उसकी नौका क्यों डूबी?

उन्होंने उससे पूछा, "साफ-साफ बताना, किसी का सोना तो नहीं चुराया? सोना चुराने वाले को कोढ़ होता है। लगता है, तुमने धन बेईमानी से कमाया, इसीलिए वह नदी में डूब गया। अपना अपराध स्वीकार करोगे, तो भोले बाबा भगवान शंकर तुम्हें क्षमा कर देंगे।"

गोपाल यह सुनकर कुछ देर चुप रहा, फिर उसने कहा, "महाराज, आपने सब जान लिया। अब छिपाने से भी क्या फायदा? मेरा एक मित्र अपना कुछ सोना मुझे सौंपकर कहीं गया था। वह रास्ते में ही मर गया। मैंने उसके बेटों को सोना लेने की बात नहीं बताई। उसी से अपना कारोबार बढ़ाया। मैं व्यापार करने के लिए ही नौका में जा रहा था। मेरा सारा धन मेरे साथ था। अब क्या करूं?"

महात्मा ने उसे समझाया, "सुख-दुःख अपने हाथ की बात नहीं है। यह सब भाग्य से होता है, फिर तुमने जैसा किया, वैसा फल पाया। अब धैर्य से काम लो। आगे से ईमानदारी को अपनाओ। सच्चे मन से मेहनत करोगे, तो सब ठीक हो जाएगा।"

"मगर महाराज, मेरे पास तो कुछ भी नहीं बचा। सोना कहां से वापस करूंगा?"

"तुम निश्चय तो करो कि मित्र का धन वापस करना है। फिर देखना...।" कहते हुए महात्मा ने उसे भूमि से उठाकर भगवान शंकर की

भभूति दी। उसने भभूति मस्तक से लगाई और महात्मा को प्रणाम कर आगे चल दिया।

एक-दो दिन बाद गोपाल अपने गांव पहुंचा। वह सबसे पहले अपने मित्र के घर गया। मित्र के पुत्र को उसके स्वर्गीय पिता से सोना लेने की बात बताई। कहा, "तुम्हारे पिता के मर जाने के बाद मेरे मन में बेईमानी आ गई थी। मैंने तुमको कुछ नहीं बताया। उस सोने से व्यापार शुरू कर दिया, किंतु पाप की कमाई फलती नहीं है, इसीलिए मेरा सब कुछ नदी में समा गया। अब मेरी आंखें खुली हैं। मैं भगवान को साक्षी करके कहता हूं, तुम्हारा धन वापस करूंगा।" कहते-कहते दुःख से उसकी आंखें गीली हो उठीं।

इसके बाद वह अपने घर पहुंचा। वहां उसने अपने चचेरे भाई को बैठे पाया। वह बहुत धनवान था। पिछले बहुत दिनों से उसके घर आता भी न था। उसे देखकर आश्चर्य हुआ। चचेरे भाई ने कहा, "भइया, रात को स्वप्न में किसी ने मुझसे कहा कि तुम पर विपत्ति आई है। तुम्हारा सारा धन नदी में डूब गया है। मुझे तुम्हारी सहायता करनी चाहिए।"

गोपाल यह सुनकर आश्चर्य में पड़ गया। उसने भाई को विस्तार से सारी बात बता दी। सुनकर भाई ने उसे सोने की पांच ईंटें दीं। कहा, "इनमें से मित्र के बेटे की सोने की दो ईंटें वापस कर दो। तीन से अपना कारोबार चलाओ। मैं तो तुम्हारा भाई हूं। मेरी चिंता न करो। जब भी हो, मेरा धन लौटा देना। मैं कभी मांगने नहीं आऊंगा।"

गोपाल की आंखों से आंसू बहने लगे। वह समझ गया कि यह सब महात्मा जी का पुण्य प्रताप है। उसने भाई से ईंटें ले लीं। मित्र के बेटे का सोना भी लौटा आया। इसके बाद उसने दुकान खोल ली। वह मुनाफा बहुत कम लेता था। कुछ ही दिनों में उसकी दुकानदारी चल निकली। वह सुबह-शाम न केवल भगवान की पूजा करता, बल्कि जितना भी बन पड़ता, गरीबों की सेवा में लगा रहता था। इस तरह उसका जीवन ही बदल

गया। बदले हुए गोपाल से गांव वाले भी प्रभावित थे। सभी उसका आदर करने लगे। इस तरह कुछ ही दिनों में गोपाल का व्यापार तेजी से बढ़ने लगा। व्यापार के साथ-साथ वह शिव भक्त के रूप में गांव में प्रसिद्ध हो गया, फिर से उसके माल का आना-जाना शुरू हो गया। एक दिन गोपाल नाव से नदी किनारे उसी जगह उतरा, जहां नाव डूब जाने पर उतरा था। उसे महात्मा जी की याद आई। खोजता-खोजता शिव मंदिर में गया। उसने देखा, सामने उसी तरह आग जली हुई है, परंतु आग के पास अजीब वेश में कोई और साधु बैठा है। जैसे ही वह पास पहुंचा, एकाएक चौंककर पीछे हट गया। साधु के भभूत मले शरीर पर भयंकर सर्प रेंग रहे थे। उसे समझते देर न लगी कि यह भगवान शंकर ही हैं। वह चरण छूने के लिए आगे बढ़ा, मगर तब तक वहां न साधु था, न आग जल रही थी। उसने भगवान के दर्शन पा लिए थे। वह गांव आया। दूसरे ही दिन सारा व्यापार बेटे को सौंप, शिव-शिव रटता अनजान दिशा की ओर बढ़ चला, फिर लौटकर नहीं आया।

(शिव पुराण)

# टूटा दांत

परशुराम भगवान शिव के पक्के भक्त थे। एक दिन वह शिव के दर्शन करने कैलाश पर्वत पहुंचे। पार्वती ने गणेश को आदेश दिया हुआ था कि समाधि और विश्राम के समय कोई भी शंकरजी के पास न आने पाए। गणेश ने द्वार पर परशुराम को देख, उन्हें प्रणाम किया और कहा, "अभी भगवान शंकर विश्राम कर रहे हैं। आप थोड़ी देर प्रतीक्षा करें। उसके बाद मैं आपको उनके दर्शन करा दूंगा।"

"भगवान शंकर मेरे गुरुदेव और आराध्य हैं। मुझे उनके पास जाने से कोई नहीं रोकता। फिर मुझे रोककर तुम मेरा अपमान क्यों कर रहे हो?" परशुराम क्रोध में कहते हुए आगे बढ़े। गणेश ने उन्हें रोका, लेकिन तब तक परशुराम गणेश को धकेल कर आगे बढ़े। देखते-ही-देखते उन दोनों में धक्का-मुक्की होने लगी। परशुराम ने गणेश को भूमि पर गिरा दिया।

गणेश उठ खड़े हुए। अब उन्होंने परशुराम को फिर एक बार रोका।

लेकिन परशुराम ने अपना परशु उन पर तान दिया। गणेश अपना अपमान कब तक सहन करते! उन्होंने परशुराम को अपनी सूंड में लपेटा और चारों ओर घुमाकर उन्हें समुद्र में फेंक दिया।

परशुराम समुद्र में तैरने लगे। गणेश ने परशुराम को फिर सूंड में लपेटा और बैकुंठ का चक्कर लगाया। बाद में गणेश ने उन्हें गोलोक में पटकनी दे दी। परशुराम ने शिव स्त्रोत का स्मरण किया, फिर उन्होंने अपना परशु गणेश पर फेंका। गणेश ने परशु को अपने बाएं दांत से पकड़ लिया। परशु तो भगवान शिव का दिया हुआ था। उसका वार खाली कैसे जाता! परशु से गणेश का बायां दांत टूटकर जमीन पर जा गिरा। भयानक आवाज से धरती कांप उठी।

शिवजी की निद्रा भंग हो गई। पार्वती भयंकर आवाज सुनकर गणेश के पास पहुंचीं। वह गणेश की हालत देख, घबरा गईं। वह गणेश को गोदी में लेकर शिवजी के पास गईं। उन्होंने पति से कहा, "देव, आपके शिष्य परशुराम ने फरसे के प्रहार से गणेश को लहूलुहान कर दिया है। इसका एक दांत भी टूट गया है।"

बातें हो ही रही थीं कि परशुराम तब तक भगवान शंकर के पास पहुंचकर उनके चरण दबाने लगे।

पार्वती ने परशुराम से कहा, "आज तुम अपने गुरुपुत्र गणेश पर ही वार कर बैठे। यह तुम्हारा अपराध है।"

परशुराम कुछ न बोले। इस पर पार्वती को क्रोध आ गया। परशुराम ने अपने गुरु शिवजी को देखा। गणेश ने भी भगवान श्रीकृष्ण का स्मरण किया। तभी चमत्कार हुआ। सबने देखा – भगवान श्रीकृष्ण बालक के रूप में सामने खड़े हैं। सबने उन्हें प्रणाम किया।

यह दृश्य देख, परशुराम समझ गए कि गणेश भी किसी से कम बलशाली नहीं हैं। श्रीकृष्ण ने परशुराम से कहा, "इस संसार में शंकरजी से बढ़कर और कोई देवता नहीं है। पार्वतीजी महान पतिव्रता नारी हैं।

गणेश जी विघ्न-बाधाओं को दूर करते हैं। इसीलिए धार्मिक अनुष्ठानों में गणेश जी की सबसे पहले पूजा की जाती है।"

यह सुन, परशुराम का घमंड चूर-चूर हो गया। वह पार्वती के चरणों में लेट गए और क्षमा मांगने लगे। पार्वती ने स्नेह भरा हाथ उनके सिर पर रख दिया। वह बोलीं, "तुम भी मेरे बेटे हो। गणेश तुम्हारा भाई है।" यह सुन, श्रीकृष्ण अंतर्धान हो गए।

(शिवपुराण)

# बजा इकतारा

नर्मदा के तट पर एक गांव था। वहां का किसान गिरवर और उसकी पत्नी गौरी, भगवान की भक्ति में लगे रहते। खेती से पैदा गेहूं आदि का अधिकांश भाग वे गरीबों व भूखों के भोजन पर खर्च कर देते। इस भक्त की सेवा तथा परोपकार के चर्चे दूर-दूर तक फैले हुए थे।

गिरवर ने अपने को पूरी तरह भगवान को समर्पित कर दिया था। वह दुःख-सुख की हर घटना को "भगवान की इच्छा' बताकर संतोष कर लेता था।

गिरवर का आठ वर्ष का बेटा था ऊदा। ऊदा भी अपने माता-पिता की तरह भगवान का भक्त था। वह प्रतिदिन नर्मदा में स्नान करता। भगवान की पूजा करता। माता-पिता के चरण दबाता।

एक दिन ऊदा सूर्योदय से पहले नर्मदा के जल में स्नान के लिए घुसा। अचानक घड़ियाल ने उसका पैर पकड़ लिया। मां किनारे पर बैठी पूजा कर रही थी। उसने ऊदा की आवाज सुनी। वह जब तक नर्मदा में कूदी, घड़ियाल ऊदा को लेकर गायब हो गया।

गिरवर घर में बैठा भगवान की पूजा कर रहा था। उसे ऊदा को घड़ियाल द्वारा पकड़ ले जाने का दुखद समाचार मिला, लेकिन उसने पूजा नहीं छोड़ी।

गिरवर ने अपने एकमात्र बेटे के घड़ियाल का शिकार बन जाने से दुखी गौरी को सांत्वना दी। दोनों भगवान की भक्ति में पूरी तन्मयता

से लगे रहे। कुछ दिनों बाद पूरे राज्य में अकाल पड़ा। पशु भूख से तड़प-तड़पकर मरने लगे। सूखे के कारण खेत में अनाज का एक दाना पैदा नहीं हुआ था। लोगों को गांव छोड़ने को मजबूर होना पड़ा। गिरवर तथा गौरी भी वहां से चल दिए।

पैदल चलते-चलते दोनों नर्मदा के किनारे-किनारे बहुत दूर निकल गए। रात होने पर एक पेड़ के नीचे बैठ गए। भगवान की पूजा की। चलते-चलते थक गए थे। लेटते ही नींद आ गई।

अचानक पेड़ के पास के बिल से एक काला सांप निकला। उसने गौरी को डस लिया। कुछ ही देर में गौरी भगवान का नाम लेते-लेते ठंडी पड़ गई। पत्नी की मृत्यु हो जाने पर भी भक्त गिरवर ने कहा, "जैसी ईश्वर की इच्छा।"

सुबह गिरवर ने तुलसी का पत्ता गौरी के शरीर पर रखा। नर्मदा का जल उसके शरीर पर छिड़का। फिर गौरी का शरीर नर्मदा के जल में प्रवाहित कर दिया। कुछ ही देर बाद गिरवर भगवान की आराधना में लीन हो गया। उसने भगवान से प्रार्थना की, "ठाकुर जी, अब मैं अकेला रहकर आपकी सेवा नहीं कर पाऊंगा। मुझे अपनी शरण में बुला लें।" देखते-ही-देखते गिरवर का शरीर पूरी तरह शांत हो गया।

उधर गौरी का शरीर नर्मदा के जल में बह रहा था। बहते-बहते पीपल के पेड़ की एक टहनी में उलझ गया। एक साधु स्नान करने जैसे ही जल में घुसे, शव को देखकर ठिठक गए। साधु बाबा नाथ सम्प्रदाय के थे। बड़े-बड़े संपेरे उनके शिष्य थे। बाबा ने गौरी को जल से निकाला। कुछ ही देर में मंत्र शक्ति के बल पर उन्होंने सर्प का जहर उतार दिया। गौरी उठकर बैठ गई।

महात्मा ने दिव्य दृष्टि के बल पर गौरी को बताया, "तुम्हारे पति भगवान से प्रार्थना कर, इस संसार से बैकुंठ चले गए हैं।"

यह सुनकर गौरी के मुख से निकला, "ईश्वर ने जो किया, ठीक ही किया होगा," फिर बोली, "महाराज, अब मैं बिल्कुल अकेली रह गई हूं। मेरे कल्याण का मार्ग बताएं।"

साधु ने आंखें बंद कीं। देखते-ही-देखते उनके हाथों में एक इकतारा आ गया। साधु बोले, "गौरी बेटी, आज से यह इकतारा तेरा साथी है। इसे बजाकर भजन गा-गाकर अपना तथा अन्य लोगों का भला कर। तेरे गाए भजनों को सुनकर लोग भक्ति की ओर प्रेरित होंगे।" यह आशीर्वाद देकर बाबा अन्तर्धान हो गए। गौरी इकतारे पर भजन गाती। एक बार गौरी घूमते-घूमते दूसरे राज्य में जा पहुंची। राज्य में उत्सव मन रहा था। राजधानी को फूलों से सजाया गया था। हर घर में दीप जल रहे थे। गौरी इकतारे पर भजन गाती-गाती राजमहल के द्वार पर जा पहुंची। वहां उसे

पता चला कि महाराज चंद्रसेन संन्यास लेने वाले हैं। उनके पुत्र राजकुमार उदयराज का राज्याभिषेक होने वाला है।

गौरी इकतारे पर भगवान के भजन गा रही थी। उसकी सुरीली आवाज सुनकर लोग मंत्र-मुग्ध हो जाते। राजकुमार ने जैसे ही सुरीली आवाज सुनी, वह राजमहल के दरवाजे पर आ पहुंचा।

एक संन्यासिन को हाथ में इकतारा लिए गाता देखकर, वह सुध-बुध खो बैठा। देखते-ही-देखते संन्यासिन के चरणों में गिर पड़ा। बोला, "मां, तुम!"

प्रजा के लोग इस दृश्य को देखकर चौंक उठे। उदयराज ने संन्यासिन से कहा, "मां मैं तेरा ऊदा हूं। घड़ियाल जब मुझे खींचकर जल के अंदर ले गया था, तब मैंने भगवान से रक्षा की गुहार की थी। भगवान ने मेरी पुकार सुनी तथा मैं घड़ियाल के चंगुल से मुक्त हो गया। इसके बाद जल में बहता-बहता बहुत दूर चला गया। इतने में इस राज्य के राजा चंद्रसेन नौका विहार करते-करते वहां आ पहुंचे। उन्होंने मुझे तुरंत जल से निकालकर नौका पर चढ़ा लिया। राजा का कोई बेटा नहीं था। उन्होंने मेरे अच्छे संस्कार देखे तो मुझे पुत्र के रूप में गोद ले लिया। मेरा विवाह कर दिया। अब महाराज संन्यास लेकर मेरा राज्याभिषेक कर रहे हैं," उदयराज ने अपनी पत्नी से कहा, "अपनी सास के चरण स्पर्श करो।" युवरानी ने गौरी के चरण छुए।

उदयराज चाहता था कि उसकी मां राजमाता के रूप में महल में रहे। गौरी ने कहा, "बेटा, अब मैं अपना जीवन नर्मदा के किनारे कुटिया में रहकर बिताना चाहती हूं। प्रभु-भक्ति के अलावा अब मुझे कुछ और नहीं चाहिए।" अगले ही दिन गौरी वहां से चली गई।

(भक्त सौरभ)

# हजार बांहें

हिरण्यकशिपु नामक एक दैत्य था। प्रजा उसके अत्याचारों से परेशान थी। वह गुस्सैल स्वभाव का था। उसके राज्य में देवी-देवताओं की पूजा करना मना था। घर में अन्य मूर्तियां रखने पर भी दंड दिया जाता था। प्रजा उससे डरती थी। इसलिए उसे ही पूजती थी।

हिरण्यकशिपु के घर प्रह्लाद का जन्म हुआ।

बड़े होने पर प्रह्लाद अपने पिता से बिल्कुल अलग निकले। वह हमेशा सच बोलते। पूजा-पाठ करते। हिरण्यकशिपु को यह बात अच्छी न लगती। उसने कई बार प्रह्लाद से मना किया। मगर वह न माने।

एक बार की बात है, हिरण्यकशिपु प्रह्लाद के कक्ष में आया। उसने गुस्से में वहां रखी मूर्तियां और पूजन सामग्री फेंक दीं। मूर्ति के सामने जलता दिया भी बुझा दिया।

कुछ दिनों बाद हिरण्यकशिपु ने फिर देखा, प्रह्लाद पूजा में लीन है। समझाने पर भी प्रह्लाद ने भक्ति नहीं छोड़ी। हिरण्यकशिपु को अपने पुत्र की भक्ति से भय होने लगा। सोचने लगा, "कहीं इसकी भक्ति देख प्रजा भी भगवान को न पूजने लगे। तब मेरी पूजा कौन करेगा? कौन मुझे भगवान मानेगा? इसका एक ही उपाय है कि प्रह्लाद को खत्म कर दिया जाए।"

हिरण्यकशिपु ने अपने मंत्रियों को बुलाया। प्रह्लाद को पहाड़ से गिराने का आदेश दिया। मंत्रियों ने यह सुना, तो उन्हें बहुत दुःख हुआ, परंतु

राजा का आदेश टालते भी कैसे? मंत्री प्रह्लाद को पहाड़ की चोटी पर ले गए।

वहां प्रह्लाद को भगवान शिव के दर्शन हुए। भक्त प्रह्लाद ने उन्हें प्रणाम किया। भगवान के ध्यान में मगन प्रह्लाद पहाड़ से नीचे गिर गए। मंत्री राजा के आदेश का पालन करके लौट आए। उन्होंने राजा को सारी घटना बताई अब हिरण्यकशिपु निश्चित होकर बैठ गया।

उधर प्रह्लाद को भगवान शिव ने स्वयं बचा लिया था। जब प्रह्लाद को पहाड़ से धकेल दिया गया, तब शिवजी ने प्रकट हो, बांहें फैला दीं। प्रह्लाद बच गए। इस बात का किसी को पता न लगा।

इस घटना के बाद हिरण्यकशिपु प्रह्लाद के कक्ष में गया। वह चौंक पड़ा। उसने देखा, प्रह्लाद कक्ष में बैठे हैं। उनके सामने पूजा की सामग्री है। आंखें मूंदे वह पूजा कर रहे हैं। राजा को यह देखकर हैरानी हुई। हिरण्यकशिपु ने अपने मंत्रियों को बुलाकर खूब डांटा।

मंत्री भी बहुत हैरान थे। उन्होंने हाथ जोड़कर क्षमा मांगी। अब दैत्यराज ने आदेश दिया कि प्रह्लाद को जंगल में भूखे सिंह के सामने छोड़ आओ। उन्होंने वैसा ही किया।

लेकिन जंगल में गरजते सिंह ने प्रह्लाद का बाल भी बांका नहीं किया। पर राज्य में सब सोच रहे थे कि सिंह ने अवश्य उन्हें मारकर खा लिया होगा। मगर एक बार फिर भगवान ने भक्त की रक्षा की। प्रह्लाद फिर लौटकर पूजा करने लगे।

अब हिरण्यकशिपु ने नया उपाय सोचा। वह प्रह्लाद को किसी भी तरह खत्म करना चाहता था। प्रह्लाद को एक कमरे में बंद किया गया। उस कमरे में बहुत-से विषैले सांप छोड़ दिए गए। प्रह्लाद भगवान के ध्यान में मगन रहे। सांप उनके आसपास घूमते रहे, परंतु किसी ने भी उन्हें डंसा नहीं।

कई घंटे बीत जाने के बाद कमरा खुलवाया गया। सबको विश्वास

था कि सांपों के जहर से प्रह्लाद मर चुके होंगे, परंतु उन्हें जीवित देख, सब चकित रह गए।

अंत में हिरण्यकशिपु ने उन्हें आग में जलाने का आदेश दिया। प्रह्लाद को लोगों के सामने जलती लकड़ियों पर बिठाया गया। साथ में हिरण्यकशिपु की बहन होलिका बैठी। उसने आग से न जलने वाला दुपट्टा ओढ़ रखा था। एकाएक दुपट्टा उड़ गया। होलिका आग में जल मरी। प्रह्लाद को कुछ न हुआ।

अब हिरण्यकशिपु को गुस्से के साथ हैरानी हुई, "आग की लपटों में बैठकर कोई कैसे बच सकता है?" कहकर उसने अपनी तलवार निकाल ली। उसकी चमकती तलवार प्रह्लाद की गर्दन तक पहुंची। उसी समय भगवान श्रीहरि नृसिंह रूप में प्रकट हो गए। उनका आधा शरीर नर और आधा सिंह का था।

नृसिंह ने हिरण्यकशिपु को गुस्से से ललकारा। भगवान ने हिरण्यकशिपु को मार गिराया। इसके बाद भी नृसिंह शांत नहीं हुए। सब लोग उनकी गर्जना सुनकर भयभीत हो उठे। देवता भी सोचने लगे कि अगर नृसिंह इसी तरह गरजते रहे, तो सब कुछ नष्ट हो जाएगा।

सभी देवों ने भगवान नृसिंह से शांत होने की प्रार्थना की, लेकिन जब वह शांत नहीं हुए, तो देवता भगवान शंकर की शरण में गए, उन्हें सारी बात बताई। शंकर ने कहा कि वह कुछ उपाय करेंगे।

एक दिन शंकर जी ने बड़े पक्षी का रूप बनाया। इस विशाल पक्षी की हजारों बांहें थीं। आधा शरीर हिरण का और आधा पक्षी का था। इसके पंख बहुत बड़े-बड़े थे। नाखून भी किसी हथियार की तरह थे। इसके शरीर की चमक आग की लपटों की तरह थी। शंकर इस पक्षी के रूप में नृसिंह के सामने प्रकट हुए। विचित्र पक्षी को देखकर सब लोग हैरान रह गए। आधे मृग और आधे पक्षी का यह रूप पहले किसी ने न देखा था। नृसिंह गुस्से से गरज रहे थे। उन्हें शांत करने के लिए शंकर ने उनसे भी तेज गर्जना की।

नृसिंह ने शंकर की जोरदार गर्जना सुनी। उसे सुनते ही नृसिंह शांत हो गए और भगवान शंकर की स्तुति करने लगे। प्रजा यह दृश्य देखकर चकित रह गई।

(कथासागर)

# ले गए दूत

गोदावरी के तट पर पंडित वेदधर्मा का आश्रम था। आश्रम में पंडित जी छात्रों को संस्कृत के साथ-साथ वेद, उपनिषद तथा अन्य धर्मग्रंथ पढ़ाते थे।

वेदधर्मा का एक शिष्य था दीपक। दीपक को धर्मशास्त्रों का अध्ययन करते समय प्रेरणा मिली कि गुरु सेवा सबसे बड़ा धर्म है। वह गुरु जी से धर्मशास्त्रों के रहस्यों की नई-नई जानकारी लेता था। वह हर समय गुरु जी की सेवा में लगा रहता था। गुरु जी दीपक को सबसे ज्यादा मानते थे।

वेदधर्मा बूढ़े हो चले थे। उनकी पत्नी का बहुत पहले देहांत हो गया था। उनकी कोई संतान भी नहीं थी। इसलिए वह दीपक को ही अपने बुढ़ापे का सहारा मानकर उसे भरपूर स्नेह देते थे।

एक दिन गुरु जी ने दीपक से कहा, "बेटा, मैं पूर्व जन्म के अनेक पापों का प्रायश्चित्त कर चुका हूं। अभी दो पाप बचे हैं। उनका शमन कष्ट भोगे बिना नहीं हो पाएगा। मैं जीवन के अंतिम समय में इन पापों का प्रायश्चित करने के लिए काशी में निवास करना चाहता हूं। क्या तुम मेरे साथ वहां रह कर मेरी सेवा कर सकते हो?"

दीपक बोला, "गुरुदेव, मैं आपके पूर्व जन्म के दोनों पापों को अपने सिर लेने तथा उनका फल भोगने को तैयार हूं। मेरे रहते आपको कष्ट उठाने की क्या आवश्यकता है! आप अपने पाप मेरे सिर पर चढ़ा दें।"

वेदधर्मा बोले, "बेंटा, पाप-पुण्य जो करता है, उसी को भोगने पड़ते हैं। तुम मेरी सेवा ही कर सकते हो।"

कुछ दिन बाद दीपक गुरु को साथ लेकर काशी जा पहुंचा। काशी पहुंचने पर दोनों ने गंगा स्नान के बाद भगवान विश्वनाथ के दर्शन किए। गुरु जी पापों का प्रायश्चित करने के लिए गायत्री मंत्र का जप करने लगे।

एक दिन गुरु जी ने दीपक से कहा, "बेटा, अब पापों के फल के रूप में मुझे कुष्ठ रोग होने वाला है। इस कारण मैं चिड़चिड़ा हो जाऊंगा। तुम मेरी कितनी भी सेवा करोगे, मैं चिड़चिड़े स्वभाव के कारण तुम्हें बिना किसी कारण के डांटा करूंगा। यदि यह सब सहन कर सको तो मेरे पास रहना। अन्यथा मुझे अकेला छोड़कर चले जाना।"

दीपक ने कहा, "गुरु जी, आप तनिक भी चिंता न करें। मैं आपकी भरपूर सेवा करूंगा।"

समय के साथ ही गुरु जी को कुष्ठ रोग ने घेर लिया। दीपक बड़े धैर्य के साथ उनकी सेवा में लग गया। घावों को धो-पोंछकर उन पर

दवा लगाता। फिर भी गुरु जी चिड़चिड़े हो गए। वह दीपक को अकारण डांटते। लेकिन दीपक चुपचाप उनकी सेवा में लगा रहता।

वह गुरु जी के लिए भिक्षा में भोजन मांग लाता। गुरु जी सारा भोजन खुद खा जाते। दीपक को भूखा रहना पड़ता।

बाबा विश्वनाथ दीपक की गुरु-भक्ति देखकर चकित थे। उन्होंने काशी नगरी में ऐसा गुरु-भक्त कहीं नहीं देखा था।

एक दिन दीपक गुरु जी को पंखा झल रहा था, अचानक बाबा विश्वनाथ वहां प्रकट हो गए। उन्होंने दीपक से कहा, "मैं तुम्हारी गुरु-भक्ति से बहुत प्रसन्न हूं, कोई वर मांगो।"

दीपक भगवान विश्वनाथ के दर्शन से निहाल हो उठा। उसने हाथ जोड़कर कहा, "भगवन, मैं गुरु जी से बिना पूछे कुछ नहीं करता। आप से वर भी मांगूंगा तो उन्हीं से पूछकर। वह अभी सो रहे हैं। उनके जागने पर ही मैं वर मांग सकता हूं।"

कुछ देर बाद गुरु जी जागे, तो दीपक ने कहा, "गुरु जी, विश्वनाथ

वर मांगने को कह रहे थे। मैं उनसे वर मांगूंगा कि वह आपको स्वस्थ कर दें।"

गुरु जी बोले, "पाप भोगने से ही समाप्त होता है। अतः तुम मेरे रोग-नाश का वर बिल्कुल न मांगना।" पर दीपक अपनी बात पर अटल था।

भगवान विश्वनाथ गुरु और शिष्य के प्रेम को देखकर चकित थे। वह पार्वती और विष्णु के साथ वहां प्रकट हो गए। उन्होंने दीपक से कहा, "बेटा, मेरी नगरी तुम जैसे गुरु-भक्त के रहने से और पवित्र हो गई है। आज तुम्हें मैं नहीं, विष्णु भगवान वर देंगे।"

विष्णु भगवान के विराट स्वरूप को देखकर दीपक गदगद् हो गया। उसने हाथ जोड़कर कहा, "भगवान, आपके दर्शन के बाद मुझे कुछ मांगने की जरूरत नहीं रह गई। फिर भी आप मुझे हमेशा गुरु-भक्ति में लगे रहने का वरदान दीजिए और मेरे गुरु जी को स्वस्थ कर दीजिए।"

यह सुन बाबा विश्वनाथ, पार्वती और भगवान विष्णु मुस्करा उठे। भगवान विष्णु ने अपना हाथ गुरु जी के शरीर पर रख दिया। गुरु जी स्वस्थ हो गए। तभी विष्णु के दूत वहां आए। विष्णु का इशारा पाकर दूत गुरु और शिष्य को दिव्य विमान से विष्णुधाम ले गए।

(मार्कंडेय स्मृति)

# पुरंजय की जय

महाराजा पुरंजय धार्मिक स्वभाव के थे। समय-समय पर राज्य की सुख-समृद्धि के लिए यज्ञ कराते रहते थे।

एक बार उन्होंने राजसूय यज्ञ का आयोजन किया। उसमें दूर-दूर तक के ऋषि-मुनियों को आमंत्रित किया। उनसे कहा, "यह यज्ञ मैं अपने परिवार के लाभ के लिए नहीं, प्रजा की सुख-शांति के लिए करवा रहा हूं। इसे पूरी विधि के साथ करें।"

यज्ञ शुरू हो गया था। पूरा राज्य स्वाहा-स्वाहा के बीच आहुतियां देने के दृश्य को देखकर गद्गद था।

यज्ञ की पूर्ण आहुति देने का दिन आया। महाराजा-महारानी, राजकुमार सभी यज्ञ मंडप में विराजमान थे। वेद मंत्रों की ध्वनि के बीच यज्ञ हो रहा था।

इस बीच एक किसान यज्ञ मंडप में रोता बिलखता पहुंचा। द्वार पर मंत्री से बोला, "मुझे अभी महाराज से बहुत जरूरी काम है मैं, घोर संकट में हूं।"

मंत्री तथा द्वारपाल उसे यज्ञ मंडप के अंदर नहीं जाने दे रहे थे। इसी बीच महाराजा ने कोलाहल सुना, तो उस किसान को वहीं बुलवा लिया!

किसान ने रोते हुए कहा, "मैं लुट गया। डाकू मेरे घर की तमाम सम्पत्ति और गऊएं लूटकर ले गए। वे अभी राज्य की सीमा में ही होंगे।

आप ही उन्हें पकड़कर मेरी सम्पत्ति वापस दिला सकते हैं।"

महाराज यह सुनकर बहुत दुखी हुए। पर यज्ञ को बीच में छोड़कर कैसे जाते! उन्होंने कहा, "पूर्णाहुति होते ही मैं स्वयं तुम्हारे साथ चलकर उन डाकुओं को पकड़ता हूं। तब तक प्रतीक्षा करो।"

"किंतु महाराज, इतने में तो वे राज्य से बहुत दूर जा चुके होंगे। तब कहां से उन्हें पकड़ा जा सकेगा?" किसान ने रोते हुए कहा।

ऋषि-मुनि यह सब सुन रहे थे। उन्होंने महाराजा से कहा, "आप इसे कहने दें। यज्ञ पूरा किए बिना आप इसे बीच में छोड़कर कैसे जा सकते हैं? यदि यज्ञ की पूर्णाहुति किए बिना आप यहां से चले गए, तो देवता कुपित हो उठेंगे।"

यह सुनकर किसान बोला, "महाराज, जिस अन्न से आप यज्ञ कर रहे हैं, वह तो हम किसानों ने ही पैदा किया है। जिस घी की आहुतियां दी जा रही हैं, वह भी हमारी गायों से मिलता है। यज्ञ का उद्देश्य ही प्रजा

की सुख शांति है। यदि आप हमारी रक्षा नहीं कर सकते, तो इस यज्ञ का क्या लाभ है?"

ऋषि यह सुनकर सोचने लगे कि सीधा दिखाई देने वाला यह किसान तो वास्तव में विद्वान है। बात तो यह सही कह रहा है, फिर भी उनका अहंकार आड़े आ रहा था। वे इसी बात पर अड़े थे कि राजा यज्ञ छोड़कर न जाएं।

राजा दुविधा में थे कि क्या करें! प्रजा की रक्षा के दायित्व को निभाएं या देवताओं के रोष से डरकर यज्ञ की पूर्णाहुति तक वहां बैठे रहें।

अचानक राजा की अंतरात्मा जाग उठी। वह यज्ञ मंडप से खड़े हुए तथा ऋषियों से बोले, "महाराज, मैंने बहुत से यज्ञों का पुण्य प्राप्त किया है। आज मेरे राज्य का किसान संकट में है। मेरा पहला कर्तव्य उसकी रक्षा करना है।"

ऋषि यह सुनकर हक्के-बक्के रह गए। एक ऋषि ने क्रोध में आकर जैसे ही महाराजा को शाप देना चाहा कि किसान के शरीर से एक दिव्य ज्योति प्रकट हुई। सभी की आंखें चौंधिया गईं। वह दिव्य ज्योति यज्ञ के अग्निकुंड में समा गई। स्वतः ही यज्ञ की पूर्णाहुति हो गई।

आकाशवाणी हुई, "आज के यज्ञ में राजा की परीक्षा होनी थी। अभी किसान के रूप में देवता ही आए थे, यह देखने के लिए कि राजा अपने कर्तव्य को निभाता है या नहीं। अब प्रजा-पालक राजा को सौ यज्ञों का फल मिलेगा।"

(ऋग्वेद)

# लहलहा उठे खेत

एक बार सप्त ऋषि पृथ्वीलोक के तीर्थों की यात्रा कर रहे थे। वे एक राज्य में पहुंचे उस राज्य की जनता अकाल के कारण बहुत परेशान थी। अनेक लोग अन्न के अभाव में भूख से मर गए थे। वहां के राजा दुखी प्रजा की सुध लेने के लिए तीर्थ क्षेत्र में आए हुए थे।

राजा ने सप्त ऋषियों को तीर्थ भ्रमण करते हुए देखा। वह समझ गए कि अकाल के कारण इन ऋषियों के सामने भी अन्न आदि का संकट अवश्य होगा। राजा ने मुनियों को प्रणाम कर कहा, "मुनिवर, आपके पवित्र चरणों से मेरा राज्य पावन हो गया है। इन दिनों राज्य में अकाल पड़ा हुआ है। अन्न-जल का अभाव है। आप मुझसे धान, जौ, घी, दूध, रस, सोना, रत्न आदि ग्रहण कर, मुझ पर कृपा करें।"

मुनियों ने कहा, "राजन, हम सब तीर्थयात्रा के उद्‌देश्य से यहां आए हैं। राजा का धन-धान्य आदि ग्रहण कर, हम अपने तीर्थयात्रा के पुण्यों को नष्ट नहीं करना चाहते। आप अपना धन-धान्य अकाल पीड़ितों की सेवा-सहायता में लगा दें।"

राजा सप्त ऋषियों के इस त्याग से बहुत प्रभावित हुआ। सप्तर्षि आगे बढ़ गए। राजा ने मंत्री से कहकर गूलर के फलों में सोना भरवाकर उन फलों को ऐसे रास्ते में डलवा दिया, जहां से सप्त ऋषियों को जाना था।

सप्त ऋषि भूखे-प्यासे थे। उन्होंने गूलर के वृक्ष के नीचे पड़े हुए फल उठाए। उन्होंने गूलरों को तोड़ा, तो उनमें सोना पाया। सोने से भरे गूलर-फल उन्हें विचलित नहीं कर पाए। मुनियों ने उन तमाम फलों को वहीं छोड़ दिया तथा आगे बढ़ गए।

त्यागी-तपस्वी सप्त ऋषियों के जहां-जहां चरण पड़े, उनके प्रताप से समस्त भूमि हरे-भरे खेतों से लहलहा उठी। राजा समझ गए कि मुनियों के प्रभाव से ही राज्य अकाल से उबर पाया है।

(पद्म पुराण)

# पीली पहचान

भगवान श्रीकृष्ण ने कंस का वध कर दिया, तो कंस के ससुर राजा जरासंध ने बदला लेने की कसम खाई। जरासंध ने श्रीकृष्ण पर जोरदार हमला किया, लेकिन यादव सेना ने जरासंध की सेना को खदेड़ दिया।

जरासंध कम शक्तिशाली नहीं था। उसने हर बार अपनी सेना की शक्ति बढ़ाई। श्रीकृष्ण पर हमला किया, परंतु हर बार उसे श्रीकृष्ण के सम्मुख मुंह की खानी पड़ी।

उन्हीं दिनों श्रीकृष्ण ने समुद्र किनारे द्वारिकापुरी बसाने का निर्णय लिया। द्वारिकापुरी के चारों ओर गहरी खाइयों का निर्माण कराया। अजेय दुर्ग बनवाया।

जरासंध के अलावा उन दिनों मगध देश के एक राक्षस कालयवन का भी भारी आतंक फैला हुआ था। वह अपने को सबसे शक्तिशाली मानकर लोगों पर अत्याचार करता था। उसने बहुत बड़ी सेना बनाई हुई थी। अपने को अजेय मानता था वह।

एक दिन देवर्षि नारद मगध देश जा पहुंचे। कालयवन ने उनका भारी सत्कार किया। बातचीत के दौरान देवर्षि नारद ने कहा, "कालयवन, श्रीकृष्ण तथा उनकी सेना ने जरासंध को अठारह बार पराजित किया। सिद्ध कर दिया कि आज धरती पर श्रीकृष्ण जैसा पराक्रमी तथा कूटनीतिज्ञ दूसरा नहीं है?"

यह सुनना था कि कालयवन का अहंकार भड़क उठा। वह गुस्से में लाल आंखें करके बोला, "देवर्षि, आप भी कैसी बात करते हैं! जरासंध को हरा देना अलग बात है, परंतु यादव सेना क्या खाकर मेरा मुकाबला करेगी?"

"नारायण हरि, कालयवन, मैं तुम्हारी इस चुनौती की खबर कृष्ण तक पहुंचा देता हूं, परंतु तुम यह ध्यान रखना कि कृष्ण बहुत चतुर हैं।" कहकर नारद जी ने उसे और भड़का दिया।

नारद जी को भला चैन कहां। वह सीधे श्रीकृष्ण के पास पहुंचे।

"आइए देवर्षि, बहुत समय बाद दर्शन दिए!" श्रीकृष्ण ने उन्हें देखकर कहा।

"मैं आपको सचेत करने आया हूं भगवन्! जरासंध के हमले का खतरा टला नहीं है और उधर कालयवन भी आप पर हमले की तैयारी कर रहा है।" नारद जी बोले।

श्रीकृष्ण इस बार अपनी सेना को युद्ध में नहीं फंसाना चाहते थे। वह अकेले ही युक्ति से कालयवन का संहार कर डालने की सोचने लगे।

कालयवन ने अपनी सेना लेकर नगर को तीन ओर से घेर लिया। वह

युद्ध के लिए उत्सुक था, लेकिन श्रीकृष्ण निहत्थे ही मुकाबले को बाहर निकले। और कालयवन के शिविर की ओर निडर हो, चल दिए।

कालयवन ने श्रीकृष्ण को निहत्थे व अकेले देखा, तो युद्ध के लिए ललकारा। श्रीकृष्ण क्षण भर चुप रहे। फिर वे तेजी से एक ओर को भाग निकले। कालयवन उनके पीछे भागने लगा। नगर के दक्षिण में एक महागुफा थी। श्रीकृष्ण जानते थे, महाराजा मुचकंद देवासुर संग्राम में बुरी तरह थक जाने के बाद गुफा में आराम कर रहे हैं। देवताओं ने उन्हें वरदान दिया था, जो भी उनकी निद्रा भंग करेगा, आराम में बाधा डालेगा; वह उनके क्रोध से भस्म हो जाएगा।

श्रीकृष्ण एकाएक उस महागुफा में घुस गए। कालयवन भी उनका पीछा करते-करते गुफा में जा घुसा।

श्रीकृष्ण ने देखा, महाराजा मुचकंद सो रहे हैं। श्रीकृष्ण ने एक क्षण सोचा, फिर अपना पीताम्बर उतारा और महाराजा मुचकंद पर डाल दिया। वह स्वयं तेजी से आगे निकल गए।

कालयवन पीछा करते-करते वहां पहुंचा। पीताम्बर ओढ़े सोने वाले को देखकर उसने समझा, पीली चादर तो कृष्ण के पास ही है, इसीलिए सभी उन्हें पीताम्बरधारी कहते हैं। शायद भागते-भागते थक गया है श्रीकृष्ण। यहां आकर सो गया है। उसने क्रोध से जैसे ही पीताम्बर हटाया, महाराजा मुचकंद ने नेत्र खोल दिए। कालयवन को देख, उन्होंने क्रोध से हुंकार भरी। कालयवन क्षण भर में जलकर राख हो गया। अब महाराजा मुचकंद ने नजर घुमाई, तो भगवान श्रीकृष्ण खड़े नजर आए। वह भगवान के चरणों में गिर पड़े।

कालयवन के भस्म होने का समाचार मिलते ही उसकी सेना में भगदड़ मच गई।

(पद्‌म पुराण)

# लो हार

दरभंगा में एक किसान रहता था। उसकी कोई संतान नहीं थी। उसने संतान के लिए भगवान शिव की आराधना की। एक रात उसे सपना आया कि उसके पुत्र हुआ है। कुछ समय बाद, सचमुच उसके घर एक सुंदर बच्चे ने जन्म लिया। बच्चा तो जन्मा, किंतु मां का दूध सूख गया। बच्चे को गाय-भैंस का दूध पिलाने की कोशिश की गई, लेकिन बच्चे को वह भी नहीं पचा। बच्चा भूखा रोता-बिलखता रहता। पूरा परिवार चिंता में डूब गया कि बिना दूध के बच्चा जीवित कैसे रहेगा?

बच्चे का पिता एक दिन खेत से घर लौट रहा था। रास्ते में एक मजदूर की झोंपड़ी से महिला के रोने की आवाज सुनाई दी। उसका नन्हा बच्चा मर गया था। किसान उस समय तो अपने घर आ गया। दूसरे दिन वह फिर उस झोंपड़ी में पहुंचा। उस महिला के पति से कहा, "मेरा पुत्र बिना दूध के भूखा बिलख रहा है। यदि आप की पत्नी उसे पाल सके, तो बड़ी कृपा होगी। बच्चे को जीवन दान मिल जाएगा। बदले में, मैं अपना एक खेत देने को तैयार हूं।"

वह व्यक्ति भले ही मजदूरी करके पेट पालता था, किंतु बड़ा दयालु था। बोला, "मैं अच्छी तरह जानता हूं कि बच्चे को बिलखता देखकर मां-बाप को कितना कष्ट होता है। आप बच्चे को हमारे यहां भेज दिया करें। यह उसे दूध पिला दिया करेगी। कभी-कभी यह आपके यहां भी आया-जाया करेगी।"

अब बच्चा तेजी से बड़ा होने लगा। वह बहुत मेधावी था। खेलने-पढ़ने

में अव्वल रहता। वह अपनी धाय मां के पास ज्यादा रहता। उसे वह बड़ी मां। पुकारता। उसकी असली मां भी कहती, "बेटा, तुम्हें उसी ने तो जीवन दिया है। मुझसे ज्यादा उसी का सम्मान करो।"

बालक का नाम "शंकर' रखा गया। वह बचपन से ही गाना गाता, कविता लिखता। कुछ ही दिन में उसकी ख्याति दूर-दूर तक फैलने लगी। उसकी कविताएं सुनने के लिए लोग लालायित रहने लगे।

कवि शंकर मिश्र की ख्याति राज दरबार तक जा पहुंची। दरभंगा के महाराजा स्वयं साहित्य प्रेमी विद्वान थे। उन्होंने अपने प्रधानमंत्री को शंकर के घर भेजा। उसने कहा, "हमारे महाराजा दरबार में आपके मुख से कुछ सुनना चाहते हैं।" शंकर ने कहा कि वह अभी कुछ दिन साधना में व्यस्त है। समय मिलने पर अवश्य वहां पहुंचेगा।

शंकर कुछ दिन बाद राज दरबार में पहुंचा। महाराज ने उसे बहुत सम्मान दिया। ऊंचे आसन पर बिठाया। इसके बाद कहा, "कविवर, हमें कुछ सुनाइए।" शंकर ने प्रभु भक्ति के गीत सुनाए।

उसके सुमधुर कंठ से निकली कविताओं तथा गीतों को सुनकर, पूरा

दरबार मंत्र-मुग्ध हो गया। महाराज तथा महारानी घंटों तक शंकर के मुख से भक्ति के गीत सुनते रहे। भगवान शंकर की बारात का वर्णन सुनकर, पूरा दरबार हंसी के मारे लोटपोट हो गया।

महाराज ने उसी समय शंकर मिश्र को "राज कवि' की उपाधि दे दी। चलते समय उसे हीरों का एक बहुमूल्य हार भेंट किया। आज शंकर मिश्र बहुत प्रसन्न था। उसे लगा, उसका जीवन सार्थक हो गया है।

हीरों का हार लेकर शंकर घर पहुंचा। उसने उस हार को अपनी मां के चरणों में रख दिया। मां की खुशी का पारावार नहीं था। वह बोली, "बेटा, यह तेरी पहली कमाई है। इसे अपनी बड़ी मां के चरणों में अर्पित कर, उसी के दूध से तेरा जीवन बचा है।"

शंकर मिश्र अपने मां-बाप के साथ हीरों का हार लेकर झोंपड़ी में पहुंचा। उसने बड़ी मां के चरण छुए। उस हार को उसके गले में डाल दिया। पति-पत्नी हीरों का अमूल्य हार देखते रह गए। उन्होंने कहा, "बेटा, हमारे घर कोई संतान नहीं है। हम मेहनत करके खूब मजे से जी रहे हैं। हम इस बेशकीमती हार का क्या करेंगे?"

शंकर अड़ गया। बोला, "मां, मैंने संकल्प किया है कि अपने जीवन की पहली कमाई तुम्हें भेंट करूंगा। इसे तुम्हें लेना ही पड़ेगा। तुम्हारे कारण ही यह मुझे मिला है। यदि तुम इसे नहीं लोगी, तो मुझे बहुत दुःख होगा।"

उन दिनों राज्य में सूखा पड़ रहा था। लोग बूंद-बूंद पानी के लिए तरस रहे थे। पति-पत्नी ने उसी समय संकल्प लिया कि इस हार को बेचकर वे तालाब बनवाएंगे, जिसका मीठा पानी पीकर लोग सुख से जी सकें। दरभंगा में आज भी यह तालाब है।

(कथा मंजरी)

# पहरेदार

राजा बलि महान दानी के रूप में प्रसिद्ध हैं। उनके दान के पुण्य से देवता तक भयभीत थे। इंद्र को लगता था, कहीं अपने दान के प्रताप से यह मेरे सिंहासन के अधिकारी न बन जाएं, इसलिए देवताओं में खलबली मची रहती थी।

एक बार राजा बलि ने नर्मदा के पवित्र तट पर अश्वमेध यज्ञ कराया। यज्ञ में देश के कोने-कोने से ऋषि-महर्षि पधारे। इसी यज्ञ में भगवान विष्णु एक छोटे-से ब्रह्मचारी का रूप रखकर आए। देखने में वह बहुत छोटे थे, इसीलिए वह वामन कहलाए। वामन रूप में एक तेजस्वी बालक को देख, राजा बलि ने उसका भी स्वागत किया, किंतु शुक्राचार्य बालक को देखते ही पहचान गए, "यह जरूर कोई देवता छल-बल करने के लिए इस रूप में आया है।" यज्ञ के बाद दान में वामन ने तीन पग धरती मांगी, तो शुक्राचार्य ने महाराजा बलि को सावधान किया, किंतु वह वचन दे चुके थे। इसीलिए वामन ने अपने तीन पगों से बलि का सारा राज्य दान में ले लिया। अब बलि को पृथ्वी त्यागकर, रहने के लिए सुतल लोक जाना पड़ा।

भगवान ने वामन बनकर बलि से सारा राज-पाट दान में ले लिया, किंतु महाराजा बलि के त्याग और दान के भार से भगवान झुक गए। बलि सुतल लोक में जाकर रहने लगे, तो भगवान ने सोचा, "बलि जैसे

दानी राजा वहां जाकर अगर किसी तरह की परेशानी में पड़ेंगे, तो दुनिया कहेगी, मैंने अपने दाता को कष्ट पहुंचाया। मुझे सुतल लोक में जाकर बलि की चाकरी करनी चाहिए, तभी इस दान के भार से मैं मुक्ति पा सकूंगा।

यह सोचकर भगवान, बलि के महल के द्वारपाल बन गए। वह द्वारपाल के वेश में वहां पहरा देते थे। राजा बलि उन्हें पहचान न सके। इस तरह भगवान बैकुंठ लोक छोड़, सुतल लोक में आकर रहने लगे। बैकुंठ जाते भी कैसे। द्वारपाल का काम ही ऐसा था। चौबीसों घंटे द्वार पर तैनात।

इधर कई महीने तक भगवान बैकुंठ नहीं पहुंचे, तो लक्ष्मी जी चिंतित हो उठीं। समझ नहीं पाईं, बलि के यज्ञ से भगवान कहां गायब हो गए? खूब खोज कराई, मगर पता नहीं चला। लक्ष्मी जी के साथ दूसरे देवता भी चिंतित थे। एक दिन देवर्षि नारद घूमते हुए बैकुंठ पधारे। लक्ष्मी जी ने उनसे पूछा, "मेरे स्वामी कहां हैं?"

नारद जी तो सब जगह जाते थे। उन्हें मालूम था। बस, उन्होंने सारा राज खोल दिया। कहा, "प्रभु तो सुतल लोक में राजा बलि के चौकीदार बने हुए हैं। बलि के पास दान लेने ऐसे गए कि उसकी नौकरी में जकड़ गए। वहां से उनका आना मुझे तो मुश्किल ही लग रहा है।"

लक्ष्मी जी परेशान कि अब क्या करें, क्या न करें। आखिर बहुत सोच-समझकर एक तरकीब निकाली। उन्होंने साधारण महिला का रूप धारण किया और सुतल लोक जा पहुंची। राजा बलि से कहा, "तुम्हारी कोई बहन नहीं और मेरे कोई भाई नहीं। क्या मुझे अपनी बहन बना सकते हो?"

राजा बलि की कोई बहन नहीं थी। वह लक्ष्मी जी की बात सुन, बहुत प्रसन्न हुए। बोले, "आज से तुम मेरी बहन हो। मांगो, अपने इस भाई से क्या मांगती हो?"

लक्ष्मी जी बोलीं, "मेरा भाई बहुत बड़ा दानी है। वह सब कुछ दान कर चुका है। मैं क्या मांगूं, यही संकोच हो रहा है?"

बलि बोले, "बहन की रक्षा करना भाई का धर्म है। उसको सुखी बनाना उसका कर्त्तव्य है। बोलो, तुम्हारी कौन-सी इच्छा पूरी करूं। संकोच मत करो। कुछ तो मांगो। नहीं मांगोगी, तो मैं समझूंगा, मेरी बहन मुझे इस योग्य नहीं समझ रही है।"

"भैया, ऐसा नहीं है। मेरी मांग बहुत छोटी है। तुम अपने द्वारपाल को अपनी नौकरी से मुक्त कर दो, ताकि मैं उसे ले जा सकूं। वह मेरे प्राणनाथ हैं। उनके बिना मैं नहीं रह सकती।"

राजा बलि चौंके। बोले, "मेरा द्वारपाल तुम्हारा पति! कुछ समझा नहीं।"

अब लक्ष्मी जी अपने रूप में आ गईं। बोलीं, "आपके द्वारपाल साक्षात् नारायण हैं। आपकी दानशीलता से बंधकर उन्हें आपका द्वारपाल होना पड़ा।"

सुनकर राजा बलि भागे-भागे द्वार पर गए। इस समय द्वार पर भगवान अपने चतुर्भुज रूप में खड़े मुस्करा रहे थे।

"प्रभु, आपने मेरे लिए यह कष्ट सहा। मेरे कारण लक्ष्मी जी परेशान हुईं। मुझे क्षमा करें। मैं आपको इस बंधन से मुक्त करता हूं।"

स्वयं मुक्ति दाता भगवान अपने भक्त से यह सुनकर धन्य-धन्य हो उठे।

(नारद पुराण)

# युधिष्ठिर की धर्मभावना

गहन वन में विचरण करते समय पाण्डवों को प्यास लगी। वे अपनी क्षुधा मिटाने के लिए एक सरोवर के पास पहुंचे। सरोवर के पास खड़े यक्ष ने कहा, “जो मेरे प्रश्नों का सही उत्तर देगा वही पानी पीने का अधिकारी होगा।” भीम, अर्जुन, नकुल तथा सहदेव, चारों बारी-बारी से यक्ष के सामने पहुंचे। वे चारों समुचित उत्तर नहीं दे पाए तथा काल के गाल में समा गए।

अब बारी युधिष्ठिर की थी। युधिष्ठिर ने यक्ष के प्रश्नों के संतोष जनक उत्तर दिए यक्ष प्रसन्न होकर बोले, “धर्मराज, तुम सरोवर का जल पीने के अधिकारी हो। मेरी इच्छा है कि मैं तुम्हारे मृत पड़े इन चारों भाइयों में से किसी एक को जीवन दान दूं। बोलो, मैं इनमें से किसे पुनर्जीवित करूं?”

युधिष्ठिर को चारों भाई समान प्रिय थे। वह प्रश्न सुनकर एक बार तो सोच में पड़ गए। फिर बोले, "यक्षश्रेष्ठ! आप नकुल को जीवन दान दें।"

यक्ष ने कहा, "धर्मराज, मुझे पता है कि एक दिन तुम्हारा कौरवों से युद्ध अवश्य होगा। उस समय भीम की गदा तथा अर्जुन का गाण्डीव युद्ध में बहुत उपयोगी सिद्ध होगा, फिर नकुल का जीवन क्यों चाहते हो?"

युधिष्ठिर बोले, "यक्षश्रेष्ठ, माता कुन्ती के पुत्रों में से मैं जीवित हूं किन्तु माद्री माता के दोनों ही पुत्र मर चुके हैं। अतः मैं यह चाहता हूं कि उनका एक पुत्र तो उनके सामने बना रहे।

युधिष्ठिर के शब्द सुनते ही यक्ष ने कहा, "तुम वास्तव में धर्म के मर्मज्ञ हो। मैं तुम्हारे चारों भाइयों को जीवन दान देता हूं।"

(महाभारत)

# लोभ का फल

देवताओं के धनपति कुबेर देवाधिदेव शंकर के परम भक्त थे। वह अक्सर शिव लोक जाते रहते थे। वहां देखते थे कि दूसरे देव लोकों की तुलना में शिव लोक में सादगी है। भगवान शिव स्वयं वृक्ष के नीचे मृग-चर्म बिछाए बैठे रहते, जबकि देवता भी स्वर्ण जटिल सिंहासनों पर बैठते हैं। कुबेर ने एक बार भगवान शंकर से कहा, "प्रभु, आप सभी देवताओं से पूजित हैं। फिर इतनी सादगी से रहना कुछ अच्छा नहीं लगता। आपको क्या कमी है? मैं आपका सेवक हूं। मेरे खजाने में अपार धन-सम्पत्ति है। मुझे कोई ऐसा उपाय बताएं, जिससे आपकी सेवा कर मैं धन्य हो जाऊं।"

कुबेर की बात सुनकर शंकर भगवान मुस्कराए। बोले, "अभाव वह होता है, जो खले। मुझे कोई अभाव नहीं, तो धन का मैं क्या करूंगा? प्रकृति के साथ रहकर मुझे जो आनंद मिलता है, वह धन से निर्मित वैभवशाली नगरी में नहीं मिलेगा। मैं बस, राम-नाम जपता हूं। इस नाम में मस्त रहता हूं। मुझे कुछ नहीं चाहिए।"

कुबेर मन-ही-मन खिन्न थे। वह सोचकर आए थे, भगवान शंकर की शिव पुरी को इंद्र लोक से भी सुंदर बना दूंगा, मगर भोले भंडारी को तो कुछ नहीं चाहिए। कुबेर मन-ही-मन शिव के कल्याणकारी स्वरूप को नमन करते, पहुंचे मां पार्वती के पास। साष्टांग प्रणाम किया। पार्वती बोलीं, "कहो, कैसे हो कुबेर जी?"

"मां, वैसे तो सब ठीक है, मगर बिना आपकी सेवा किए, मुझे चैन नहीं मिलता। आप हैं कि कभी कुछ सेवा का अवसर देती ही नहीं। ऐसा क्या अपराध हुआ है मुझसे?" कुबेर ने विनम्रतापूर्वक कहा।

सुनकर पार्वती बोलीं, "ऐसा तो कुछ नहीं। चलो, करो सेवा। बोलो, क्या सेवा करना चाहते हो?"

"मेरी बड़ी इच्छा है, आप सोने से निर्मित दिव्य महल में रहें। आप आज्ञा दें, तो...।" कहते-कहते कुबेर चुप हो गए।

पार्वती जी कुबेर के मन की बात जान गई थीं। बोलीं, "ऐसा ही है, तो मुझे ऐसा महल शीघ्र बनवाकर दो।"

कुबेर की मनचाही इच्छा पूरी हो गई। उन्होंने तुरंत विश्वकर्मा को बुलवाया खजाने से सोना भी आ गया। विश्वकर्मा ने सोने की एक अनोखी आभा वाला महल तैयार कर दिया। उसके मुख्य द्वार पर दिव्य मणियां जड़ी थीं। झिलमिल प्रकाश से दमदमाती मणियां दूर से ही दिखाई पड़ती थीं। इंद्रधनुष की सतरंगी आभा वाले कई दूसरे मणि-मुक्ता जड़े गए थे, महल की छतों में। पार्वती जी ने महल देखा, तो अत्यंत प्रसन्न हुईं। वह भगवान शंकर के पास गईं। उन्हें महल दिखाने लाईं। शंकर जी पार्वती के लालच को देखकर मुस्कराए। बोले, "अरे, इतने मूल्यवान महल की हमें क्या जरूरत? हम ठहरे वृक्षों की छाया में रहने वाले।"

पार्वती बोली, "नहीं, अब इसी महल में रहेंगे।"

भगवान शंकर चुप रहे। बोले, "ठीक है। तुम यहां रहोगी, तो मुझे भी रहना पड़ेगा, मगर नए महल में ऐसे रहना ठीक नहीं। गृह-प्रवेश तो पूजा-पाठ के बाद होता है। पहले हमें विधिपूर्वक पूजा-पाठ कराना चाहिए। उसके लिए किसी विद्वान आचार्य की ज़रूरत है। बोलो, किसे बुलाएं?"

पार्वती जी महल में प्रवेश करने के लिए उतावली हो रही थीं। बोलीं, "जिसे चाहें, बुला लें।"

शिवजी कुछ सोचकर बोले, "रावण वेदों का विद्वान है। वह कर्मकांड

भी भली-भांति जानता है। है भी मेरा भक्त। क्यों न उसे ही बुला लिया जाए?"

पार्वतीजी ने हामी भर दी। रावण के पास खबर भेजी गई। वह भगवान शंकर का आदेश पा, दौड़ता हुआ आया। शंकरजी ने उसे सारी बात बताई। महल भी दिखला दिया। रावण ने स्वर्ण महल को देखा, तो चकित रह गया। उसने कभी ऐसे ऐश्वर्ययुक्त महल की कल्पना भी नहीं की थी। सोचने लगा, काश! ऐसा महल लंका में भी होता। वह मन-ही-मन किसी भांति उस महल को हथियाने की तरकीब सोचने लगा। भगवान शंकर उसके मन की बात जानकर भी चुप रहे। उन्होंने जो सोचा था, आखिर उसे पूरा करना ही था।

पूजा के निर्धारित दिन रावण शिव लोक में आ गया। महल के बाहर पूजा के लिए एक विशेष मंडप बनाया गया। मंडप में पूजा शुरू हुई, रावण पुरोहित था और भगवान शंकर और पार्वती जी जिजमान। वेद मंत्रों से पूजा हुई। बहुत-से देवी-देवता इस अवसर पर आए। खूब धूमधाम थी उस समय। पूजा पूरी हुई। भगवान शंकर ने रावण से कहा, "लंकापति, आप इस समय हमारे पुरोहित हैं। पूजा के बाद पुरोहित को दक्षिणा दी जाती है। आप मुंहमांगी दक्षिणा लें। बोलो, दक्षिणा में क्या चाहिए?"

उचित अवसर देख, रावण ने कहा, "देना ही है, तो यह महल ही आप मुझे दक्षिणा में दे दें।"

शिव जी ने पार्वती जी की ओर देखा। वह रावण की बात से दुःखी और क्रोधित दिखाई दे रही थीं। शिव जी ने धीरे-से कहा, "मैं मुंहमांगी दक्षिणा के लिए कह चुका हूं। अब अपनी बात से मुकरना ठीक नहीं।"

पार्वती क्या कहतीं। बस, शिव जी ने महल दक्षिणा में दे दिया। रावण ने भगवान शंकर से कहा, "प्रभु, लगता है, आज आप मुझ पर अत्यंत प्रसन्न हैं।"

"हां, प्रसन्न हूं। क्या और कुछ मांगना चाहते हो?"

"चाहता तो हूं।" रावण बोला।

"मांगो, क्या मांगना चाहते हो?" शिवजी ने मुस्कराकर कहा।

रावण बोला, "यह महल पार्वती जी के रहने के लिए बनाया गया था। महल आपने मुझे दक्षिणा में दे दिया। अब पार्वती जी कहां रहेंगी? मैं चाहता हूं, आप पार्वती जी को भी मुझे दक्षिणा में दे दो, ताकि वह मेरे साथ महल में रह सकें।"

यह सुना, तो देवता रावण की धूर्तता पर बड़े नाराज हुए। वह उसे बुरा-भला कहने लगे, मगर शंकर जी ने सभी को चुप कर दिया, फिर उन्होंने रावण से कहा, "ठीक है, ले जाओ पार्वती जी को।"

रावण सोने का महल और पार्वती जी को लेकर चल दिया। पार्वती जी बड़ी परेशान। शिव ने उनको स्वयं रावण को दिया था, इसीलिए उसे शाप भी नहीं दे सकती थीं। वह मन-ही-मन अपने इष्टदेव भगवान राम का स्मरण करने लगीं। कहने लगीं, "प्रभु इस दुष्ट से मेरी रक्षा करो।"

विष्णु रूप में राम ने सती की प्रार्थना सुनी, तो एक ठेठ किसान का रूप बनाकर चल दिए। रास्ते में रावण मिला। किसान रूप धारी भगवान बोले, "क्या आप ही लंकापति रावण हैं?"

"हां, हूं तो।" रावण बोला।

"लंकापति, आपके साथ यह कौन है?"

"तू नहीं जानता। यह देवी पार्वती हैं।" रावण ने कहा।

किसान हंसा। बोला, "सचमुच तुम्हें ठगा गया है। भला, त्रिलोकीनाथ अपनी भार्या को क्या तुम्हें यूं ही दे देते। तुम नहीं, मैं इसे जानता हूं। यह देवी पार्वती नहीं, उनकी दासी है। पार्वती जी के शरीर से तो गुलाब जैसी सुगंध आती है। मुझे तो इसके शरीर से दुर्गंध आ रही है।"

रावण ने शंकातुर होकर सूंघा। भगवान की महिमा। उसके नथुने दुर्गंध से भर गए। बोला, "अरे, हां, दुर्गंध तो आ रही है।"

"फिर इसे लंका में ले जाकर क्या करोगे? सभी हंसी उड़ाएंगे।" किसान बोला।

बात रावण की समझ में आ गई। वह पार्वती जी को छोड़कर जाने लगा, तो किसान फिर बोला, "लंकेश, इस लोहे के महल का बोझा क्यों ढोए जा रहे हो? क्या लंका में धन की कमी हो गई है?"

"तुम सोने के महल को, लोहे का बता रहे हो?" रावण ने क्रोध से कहा।

"गुस्सा क्यों करते हो। स्वयं ही रगड़कर देख लो। इस पर सोने का पानी भर फिरा है। असली सोना नहीं।"

किसान की बात सुनकर रावण ने एक पत्थर से दीवार का हिस्सा रगड़कर देखा। वहां उसे लोहा ही नजर आया। बस, वह पार्वती जी के साथ महल को भी छोड़कर चला गया।

रावण के जाने के बाद किसान बने भगवान विष्णु अपने असली रूप में आए। पार्वती जी से बोले, "देवी, अब आप शिव लोक प्रस्थान करें।"

भगवान विष्णु को देख, पार्वती जी ने उन्हें नमस्कार किया। कहा, "आप सहायता न करते तो...।"

तभी भगवान शंकर भी वहां आ गए। वह बोले, "पार्वती, यह सारा-कुछ तुम्हारे लोभ के कारण हुआ। तुमने लोभ में आकर सोने का महल बनवा लिया। रावण ने लोभ में आकर सोने का महल और तुम्हें मांग लिया। इसलिए तो लोभ सौ पापों की जड़ है। चलो, इस महल को कुबेर को वापस कर दो और भगवान विष्णु से कष्ट के लिए क्षमा मांगो।"

पार्वती को भगवान शिव की सारी लीला समझ में आ गई। बोलीं, "आपने ठीक ही किया। अब कभी धन-सम्पदा के लोभ में नहीं पड़ूंगी।" इसके बाद विष्णु जी विष्णु लोक चले गए और पार्वती जी भगवान शंकर के साथ शिव लोक लौट आईं।

(वायु पुराण)

# सच्चा पुण्य

ऋषि अनमीषि सर्व शास्त्रों के ज्ञाता थे। गुरुकुल में वे ब्रह्मचारियों को पढ़ाने में व्यस्त रहते थे। अनुपम शास्त्रीय ज्ञान के कारण अन्य ऋषिगण उन्हें 'अक्षर महर्षि' कहकर सम्मानित किया करते थे।

एक दिन एक संत उनके आश्रम में पहुंचे। उन्होंने सत्संग के दौरान कहा, "धर्मशास्त्रों में अन्न-दान को सर्वश्रेष्ठ दान कहा गया है। विद्या-दान तो आप निरन्तर करते ही हैं, सद्गृहस्थी होने के कारण अन्न-दान का नियम भी अवश्य ही होना चाहिए।" ऋषि अनमीषि ने उसी दिन से किसी क्षुधा-पीड़ित को भोजन कराने का संकल्प ले लिया। वे प्रतिदिन किसी-न-किसी को भोजन कराने के बाद ही अन्न-जल ग्रहण करते थे।

एक दिन उनके आश्रम में कोई भी व्यक्ति भोजन के लिए नहीं पहुंचा। पति-पत्नी दोनों किसी भूखे की खोज में चल दिए। एक वृक्ष के नीचे बैठे एक वृद्ध कुष्ठ रोगी को उन्होंने कराहते हुए देखा। उसकी पीड़ा को देखकर दोनों का हृदय करुणा से भर उठा। उन्होंने उससे आश्रम में चलकर भोजन ग्रहण करने का आग्रह किया। कुष्ठ रोगी ने कहा, "मैं कुष्ठ से पीड़ित हूं। मैं आपके आश्रम को दूषित करने का पाप, मोल नहीं ले सकता। आप चाहें तो यहीं कुछ भोजन भेज दें।

"नहीं मान्यवर इसमें पाप नहीं वरन पुण्य है।"

"वह कैसे?"

"किसी की इच्छा पूरी करने में पाप नहीं पुण्य लगता है।"

"अच्छी बात है मैं चलता हूं।"

ऋषि दम्पति आग्रह कर उसे आश्रम में ले आए। उसके घावों को धोकर औषधि का लेप किया। हाथ-पैर धुलाकर नए वस्त्र पहनाएं तो उसने हाथ जोड़कर कहा, "आप धन्य हैं महात्मन!"

"इसमें धन्यता की कोई बात नहीं आप अब भोजन करें।"

और फिर उसे भोजन कराया। पास की कुटिया में विश्राम के लिए लिटा दिया।

रात को गहरी निद्रा में निमग्न महर्षि को लगा कि प्रभु कह रहे हैं, "अनमीषि इस सच्ची सेवा व अन्न-दान के पुण्य से तुम्हारा जीवन सार्थक हो गया है।"

जैसे ही उन्होंने आंख खोली कि अनूठे आनन्द से अभिभूत हो उठे और फिर उसे दान व दक्षिणा देकर विदा किया।

(पुराण रहस्य)

# विनम्रता से प्राप्त होता है ज्ञान

एक बार ऋषिगण आत्मा तथा ब्रह्म के सम्बन्ध की जिज्ञासाओं के समाधान के लिए महर्षि उद्दालक के पास पहुंचे। उद्दालक बोले, "आत्मा तथा ब्रह्म का सम्यक् बोध तो महाराजा अश्वपति को ही है। हम सब उनके पास चलते हैं।"

महाराजा अश्वपति ब्रह्मज्ञानी होने के बावजूद ऋषि-मुनियों व विद्वानों के प्रति अनन्य श्रद्धा-भाव रखते थे। ऋषियों व ऋषि-पुत्रों को एक साथ आया देखकर उन्होंने खड़े होकर उनका सम्मान किया। उन्हें आसन पर बैठाया। चरण धोए तथा तिलक करके उनकी पूजा की।

महर्षि उद्दालक ने बताया कि ये सब आपसे ब्रह्म तथा आत्मा का ज्ञान प्राप्त करने आए हैं। राजा बोले, "मैं क्षत्रिय हूं, भला आप जैसे ऋषियों को कुछ बताने की धृष्टता कैसे कर सकता हूं।" महर्षि उद्दालक राजा अश्वपति की विनम्रता तथा अहंकार-शून्यता देखकर पुलकित हो उठे। राजा ने हंसकर कहा, "आज आप मेरे महल को वेद-मंत्रों की ध्वनि व संध्या से पवित्र करें। रात्रि को विश्राम करें। सवेरे आपके प्रश्नों का उत्तर देने का प्रयास किया जाएगा।"

महर्षि उद्दालक ने एकान्त में ऋषियों से कहा, "जब किसी से कुछ मांगने जाना हो तो उसके आसन से नीचे बैठना चाहिए। उसे अपने से बड़ा मानकर याचना करनी चाहिए। आज राजा ने हमारा सम्मान कर अपने क्षत्रिय-धर्म का निर्वाह किया, कल हमें जिज्ञासु-धर्म का पालन करना चाहिए।"

और अगले दिन राजा अश्वपति ने अपने सिंहासन के सामने विनीत भाव से बैठे ऋषियों के प्रश्नों का उपयुक्त उत्तर देकर उनकी जिज्ञासाओं का सहज ही में समाधान कर दिया।

# बाहुबली की त्याग भावना

राजा आदिनाथ परम धर्मात्मा व प्रजापालक थे। वृद्धावस्था की अनुभूति होने पर उन्होंने अपने बड़े पुत्र भरत को अपने पास बुलाया। बोले "वत्स, मैं दीक्षा लेकर अपना मानव जीवन सफल बनाना चाहता हूं। मैं साधारण राजा था, तुम्हें पहला चक्रवर्ती राजा बनना है। प्रजा हित को सर्वोपरि कर्तव्य मानकर कुल की कीर्ति को बढ़ाते रहना, यही मेरी आकांक्षा है।"

आदिनाथ के छोटे पुत्र बाहुबली के ज्ञान और शरीरिक बल की दूर-दूर तक ख्याति थी। उन्हें राज्य में अविजित कहा जाता था।

भरत ने जय-यात्रा शुरू की। पृथ्वी के छह खंडों पर विजय प्राप्त करके वे नगर में लौटे। राजगुरु ने उनसे कहा, "राजन्, आप पृथ्वी के छह खंडों को जीत कर लौटे हो, किन्तु जब तक अविजित बाहुबली को नहीं जीतोगे, तब तक धर्मानुसार 'चक्रवर्ती-सम्राट' नहीं बन पाओगे। अतः अपने अनुज छोटे भ्राता बाहुबली को परास्त करना आवश्यक है।" सगे भाई से युद्ध न करने की आकांक्षा के बावजूद उन्हें धर्मशास्त्र का आदेश मानते हुए मल्लयुद्ध करना पड़ा। बाहुबली ने भरत को दोनों हाथों पर ऊपर उठा लिया। भरत ने कहा, "बाहुबली, मैं पराजित हुआ, तुम जीते। अब तुम चक्रवर्ती सम्राट का पद ग्रहण करो। तुम राजा बनो, मुझे अमात्य या सेनापति जो चाहे बनाओ। मैं पूर्ण सहयोग करूंगा।"

बाहुबली ने प्रस्ताव ठुकराते हुए कहा, "भैया, मैं बहुत समय पहले ही दीक्षा लेने का संकल्प ले चुका हूं।" और देखते-ही-देखते बाहुबली वन की ओर चल दिए। घोर तपस्या के बल पर उन्होंने चक्रवर्ती सम्राट से कई गुना ख्याति अर्जित की।

•••

# प्रश्नोत्तरी

1. नारद मुनि किसके आश्रम में पहुंचे थे?

(अ) शंकराचार्य के (ब) भृगु के
(स) दयानंद के (द) अशोक के

2. सोने का सरोवर कौन-सा राजा बनाना चाहता था?

(अ) राजा राम (ब) अशोक महान
(स) अकबर (द) सौधन्वा

3. प्रेतशिला क्षेत्र में कौन-सा दैत्य रहता था?

(अ) गयासुर (ब) रावण
(स) कंस (द) अंगुलिमाल

4. गयासुर दैत्य किसका उपासक था?

(अ) शिव का (ब) विष्णु का
(स) गणेश जी का (द) हनुमान

5. परशुराम ने अपने परशु से किसका दांत तोड़ा था?

(अ) हाथी का (ब) शिव का
(स) राम का (द) गणेश का

6. गिरवर की पत्नी का क्या नाम था?

(अ) गौरी (ब) कौशल्या

(स) कावेरी (द) श्यामा

7. प्रह्लाद किसका पुत्र था?

(अ) विष्णु का (ब) हिरण्यकशिपु का

(स) हरिओम का (द) सौधन्वा का

8. वेद धर्मा का आश्रम किस नदी के तट पर था?

(अ) गंगा नदी के (ब) यमुना नदी के

(स) सरस्वती नदी के (द) गोदावरी नदी के

9. भगवान श्रीकृष्ण ने किसका वध किया था?

(अ) कंस का (ब) रावण का

(स) अर्जुन का (द) हनुमान का

10. राजा बालि का पहरेदार कौन बना था?

(अ) राम (ब) भगवान विष्णु

(स) शंकरजी (द) गोपी

उत्तर

1. ब 2. द 3. अ 4. ब 5. द 6. अ 7. ब 8. द 9. अ 10. ब